Geschichte 'Kein Mandat zu Weihnachten'

Nr. III aus der Serie „Weihnachtsszenen"

2021©Copyright: Hiam Mondini

Lektorat: Romano Mondini

Titelbild: Angelina Brianna Mondini

Herstellung und Verlag: BoD – Books on Demand, Norderstedt

ISBN: 9783755739425

***

Kein Mandat

zu Weihnachten

***

Weihnachtsszene III

von

Hiam Mondini

inspiriert durch das Leben im Kanton Zug 2021

Vorwort

Als ich diesen Sommer, nach drei Jahren in Chicago, wieder zurück in meinen Heimatkanton kehrte, fiel mir auf, wie schnell sich die Zeit hier dreht. Wieviel Zuwachs es gab und welch enorme, klassifizierte Unterschiede es neu gibt.

In der Stadt so viele neue Familien von überall her, von der ganzen Welt, und Schweizer Familien, welche sich wieder vermehrt zurückziehen und die Natur und Ruhe in sich aufsuchen.

Ich höre meinen Kindern zu, welche Geschichten sie aus anderen Familien heimbringen, die sie beschäftigen, und sehe, wie unterschiedlich doch jede kleine Welt sein kann.

In diesem Sinne wünsche ich allen von Herzen ein besinnliches Weihnachtsfest mit Familie, Freunden und viel Zeit, die wesentlichen Dinge im Leben wieder zu erkennen und schätzen zu dürfen.

20. Dezember 2021

„Essen ist fertig!"

Geschäftig und fokussiert stellt die kräftige, kleine Frau eine dampfende Schüssel auf den gedeckten Tisch. Sie blickt um sich und hebt einen Finger in die Höhe.

„Bent, könntest du bitte noch eine Flasche Most aus dem Keller holen? Und Alessia, schau doch kurz bei den Hühnern nach, ob es noch Eier drin hat. Aber dann husch zu Tisch! Die Suppe wird sonst kalt." Sie wischt sich die Hand an der Schürze ab, während sie zufrieden den Tisch betrachtet.

„Brot", huscht es ihr über die Lippen und als wären ihre Gedanken vorab gelesen worden, hebt ein kleiner Junge ihr ein angeschnittener Brotlaib hin.

„Du bist ein Hellseher, Timon. Danke mein Grosser. Hast du dir die Hände gewaschen?" Sie nimmt die kleinen, warmen Hände in ihre und hebt eine Augenbraue an.

„Na, ich werde jetzt ein Auge zudrücken, aber eine Medaille würdest du hierfür nicht kriegen. Und heute schneiden wir noch deine Nägel, dann hat der Dreck gar keinen Platz mehr, sich darunter zu verstecken." Sie gibt ihm seine Hände zurück und zwinkert fröhlich.

„Wer versteckt sich?" Bent tritt mit einer gekorkten Flasche in das urchige Esszimmer zurück und stellt den Sauren Most auf den Holztisch.

„Der Dreck unter meinen Nägeln! Zeig mal deine!" Timon will nach der Hand seines älteren Bruders greifen, doch dieser steckt sie instinktiv in die Hosentaschen.

„Nichts zu sehen bei mir. Setz dich hin, du Zwerg!" Als er dies sagt, setzt er sich selber, noch immer mit beiden Händen in den Taschen, auf einen Holzstuhl am gedeckten Tisch.

„Weil du sie alle abfrisst, du Ekel!" Alessia steht unter dem Türrahmen und hält in jeder Hand zwei Eier. Sie streckt ihrem Bruder die Zunge raus und bringt die Eier vorsichtig zur Küchenablage und legt sie dort in einen kleinen Korb. Stolz betrachtet sie die verschiedenen Farben der Eier und nickt anerkennend.

„Wenn du diese Eier noch lange anstarrst, gackerst du selber bald schon wie ein richtiges Huhn. Wart nur ab, bald wachsen dir Federn und Eier legen wirst du auch bald können. Lass uns eine Wette abschliessen, welche Farbe deine haben werden! Ich tippe auf Pink." Bent lacht laut auf und will ein Stück Brot abbrechen, als die Mutter neben Alessia durch die Tür kommt.

„Schluss jetzt mit dem fiesen Zanken! Euer Vater kommt bald heim und ich bin mir sicher, er freut sich auf einen angenehmen Feierabend. Danke Alessia für die Eier. Toll sehen sie aus, nicht wahr? Wasch dir bitte noch die Hände, Liebes.

Und du wartest gefälligst mit dem Brot, junger Mann!" Sie zeigt warnend auf ihren ältesten Sohn und setzt sich ebenfalls an den Tisch.

Just in diesem Moment öffnet sich die Haustür und schwere Schuhe betreten die Holzdiele.

„Halloooo Rasselbande!", ertönt es durch das Haus und ein kleiner, kräftiger Mann kommt ins Esszimmer. Seine Augen funkeln beim Anblick seiner Liebsten am gedeckten Tisch. Er klatscht sich in die Hände, reibt sie aneinander und geht auf den Tisch zu.

„Hmmmm, das duftet herrlich und sieht so einladend aus, Mutti! Was für ein Glückspilz ich doch bin." Er geht um den Tisch herum, legt seine grossen, warmen Hände auf die Schultern seiner Frau und küsst sie auf den Kopf.

„Danke dir, meine Liebe!"

„Sehr gern geschehen. Setzt dich, die Kinder haben Hunger." Sie nickt mit dem Kopf in die gegenüberliegende Seite vom Tisch und beginnt die noch immer heisse Suppe in die Schalen zu schöpfen.

Nach wenigen Minuten gefüllt mit schmatzenden und schlürfenden Geräuschen, rutscht Timon etwas unruhig auf seinem Stuhl umher.

„Papa, warum beten wir eigentlich nicht?" Timon stopft sich das soeben in die Suppe getunkte Brot in den Mund und kaut laut.

„Gott würde unser Gebet gar nicht hören, so laut wie du schmatzt. Mach den Mund zu, das ist ja eklig mitanzusehen!" Bent schüttelt angewidert den Kopf und gönnt sich einen vollen Löffel Suppe.

Der Vater schmunzelt und gibt dann ernsthaft zur Antwort: „Du darfst immer und jederzeit beten, Timon. Und wenn es dir was bedeutet, können wir unseren Dank auch laut zusammen aussprechen am Tisch. Ich bedanke mich zum Beispiel immer wieder für das wunderbare Essen, welches Mama für uns zubereitet. Ich bedanke mich auch jeden Abend vor dem Schlafengehen für den erlebten Tag und für unsere Familie." Er nimmt sich ein Stück Brot, reisst es in der Mitte auf und blickt seinen Jüngsten liebevoll an.

„Wofür bedankst du dich, Mama?" Die grossen Kulleraugen vom Kleinsten in der Familie wandern vom Vater zur Mutter.

Maria legt ihren Löffel zurück in die Schale und atmet tief Luft ein. Sie blickt in die Runde am Tisch und antwortet: „Ich bedanke mich jeden Tag für unsere Gesundheit und den Reichtum, den wir haben."

Bei diesen Worten verschluckt sich Alessia und macht ein lautes, abschätziges Geräusch.

„Alessia, bist du nicht einverstanden, mit dem, was ich eben gesagt habe?" Ihre Mutter führt sich den

Löffel zum Mund und blickt ihre Tochter fragend an.

„Reich? Wir und reich?" Das Teenager Mädchen blickt sich in der einfachen Stube um und hebt ketzerisch die Augenbraue. „Ich sage euch, wer reich ist. Die Familie von Dina, die sind so richtig reich! Dort fahren Mutter UND Vater ein Auto und alle haben sie moderne Fahrräder und stellt euch vor, Dina, hat sogar einen eigenen Fernseher im Zimmer. Natürlich brauche ich die Mobiltelefone, IPads und Laptops gar nicht erst zu erwähnen. Aber wenn ich schon dabei bin, die machen jedes Wochenende so krasse Ausflüge. Also vor allem Dina und ihre Mama. Europapark, ein Wochenende nach Paris und Croissants essen zum Frühstück mit Blick auf den Eiffelturm. Ich bin ja zwar die, die hier aufgewachsen ist, aber Dina war schon auf jedem Berg in der Schweiz. Und ich meine, wirklich JEDEN. Einmal Gondelfahrt hier, Sessellift da. Dass sie noch nicht mit dem Helikopter auf dem Matterhorn gelandet sind, ist ein Wunder. Denn darum herum geflogen sind sie schon. Sie hat mir Fotos gezeigt. Sie durfte sogar neben dem Piloten sitzen. Krass nicht? Das ist reich sein, Mama!" Das nun aufgebrachte Mädchen wirft beide Hände in die Luft, als hätte sie eben einen enormen Durchbruch in einer Gerichtsverhandlung erzielt.

Das Schmatzen und Schlürfen am Tisch wird für einen kurzen Moment unterbrochen, dann scheinen sich alle Gedanken über das soeben Besprochene zu machen und essen in Stille weiter.

21. Dezember 2021

Sorgfältig nimmt Maria eine Kiste nach der anderen vom Regal und stellt sie auf die Ablage neben der Kellertür. Geschickt klappt sie die Leiter zusammen und stellt sie an den dafür vorgesehen Platz zurück. Sie hört die Haustür ins Schloss fallen und kurz darauf die Stimme ihres Jüngsten.

„Mama?! Maaaammmaaaa!!!!", schreit es durch das Haus.

„Ich bin im Keller, Timon!", gibt Maria zur Antwort. „Könnt ihr mir bitte helfen, die Weihnachtskisten hochzutragen? Ist Alessia auch da?"

„Jaaaaa, wir kommen gleich. Aleeeeessiiaaaaa!!!! Wir müssen Mama helfen!!! Im Keeellleeer!!!", der Jüngste der Familie lässt seine Stimmbänder laut kreischend schwingen und kommt auch schon die Holztreppe in den Keller hinunter. Die Stufen knirschen laut unter seinen stampfenden Füssen.

„Hurraaaahh, dekorieren wir heute schon für Weihnachten? Unsere Lehrerin hat aber gesagt, das macht man erst am 24. Dezember in der Schweiz. Stimmt das, Mama? Sie hat gesagt, dass zum Beispiel in Amerika alles schon laaaaaange leuchtet und funkelt, also schon viel früher als hier.

19

Warst du auch schon mal in Amerika, Mama?" Sein Redeschwall wird von seiner Schwester unterbrochen, welche offenbar seine heitere Laune nicht teilt.

„Oh Mann, kannst du auch mal ruhig sein? Meine Ohren fallen gleich ab." Sie wirft ihm einen genervten Blick zu und wendet sich dann an ihre Mutter: „Mama, muss ich immer mit dieser Quasselstrippe heimlaufen? Der nervt uns voll und meine Freundinnen wollen gar nicht mehr mit mir laufen, weil der hier ständig Fragen hat, die ihn erstens gar nichts angehen und zweitens er ja überhaupt nicht mal die Antworten abwartet. Echt!" Sie verdreht ihre Augen und verschränkt sich die Arme vor der Brust.

„Hey, Alessia, Liebes, was ist denn mit dir los?" Ihre Mutter geht auf sie zu und streicht ihr liebevoll über den Kopf. „Welche Laus ist denn dir über die Leber gekrochen heute? Hattest du keinen guten Tag?"

Ein Schulterzucken ist die einzige Antwort, die sie erhält.

„Na, vielleicht magst du ja später berichten. Kommt, helft mir die Kisten hochzutragen. Und nein Timon, wir schmücken noch nicht heute, deine Lehrerin hat da schon recht, eigentlich macht man das erst am 24. Dezember. Also genau gesagt, der Baum wird erst dann geschmückt. Sonstige Lichter und Deko darf man natürlich auch schon früher machen. Die Meisten machen das ab dem 1. Dezember, mit dem ersten Advent. So hat man auch noch was davon für den ganzen Monat. Und nein, ich war auch noch nie in Amerika, aber ich habe die wundervollen Dekorationen schon in Filmen gesehen."

Sie reicht den Kindern je eine Box und nimmt sich selber noch eine. Auf dem Weg nach oben ergänzt sie: „Ich möchte gerne alles durchsehen und dann noch ein paar Sachen ins Asylheim bringen. Die haben dort viele neue Kinder bekommen und ich dachte mir, das würde sie bestimmt freuen, wenn es festlich aussehen wird in der Adventszeit."

In der Küche stellen sie die Boxen auf den Tisch und Alessia öffnet gedankenversunken die erste Box. Maria bemerkt, wie ihre Tochter etwas stark beschäftigt und wartet einfach ab, bis ihr Teenager Mädchen von selbst auspackt:

„Mama", beginnt sie, ohne aufzusehen, „wolltet ihr euch schon mal trennen, Papa und du?"

Überrascht über eine solche Frage, blickt ihre Mutter sie an und geht zu ihr hin. „Nein, mein Liebes. Das wollten wir noch nie. Wie kommst du denn darauf?" Sie streicht der jungen Frau übers glatte Haar und hört aufmerksam zu.

„Hmm, weisst du, Dina hat heute ganz arg geweint in der Schule und erzählt, wie fest sich ihre Eltern immer streiten und, dass sie Angst hat, dass sie sich trennen werden und sie dann nicht weiss, bei wem sie leben soll, weil sie doch beide gern hat und so. Eigentlich ist ihr Papa ja kaum zuhause, aber wenn er dann mal da ist, dann streiten sie offenbar ganz viel."

Sie betrachtet ihr Spiegelbild in einer roten Weihnachtskugel und spitzt ihre Lippen.

Ihre Mutter legt ihr eine Hand auf die Schulter und seufzt: „Ja, das ist bestimmt nicht schön für Dina. Aber ich bin mir sicher, dass ihre Eltern auch nur das Beste für sie wollen und eine gute Lösung finden werden. Vielleicht hat Dina ja mal Lust vorbeizukommen, um etwas auf andere Gedanken zu kommen? Was meinst du? Sie kann gerne zum Essen kommen und wir begleiten sie dann heim."

Die Augen ihrer Tochter werden gross und sie blickt ihre Mutter entsetzt an. „Hierher? Aber dann sieht sie, dass wir nicht reich sind. Sie lebt doch in dieser weissen Villa oben auf dem Hügel, Mama! Ich glaube, das wäre mir sehr peinlich."

„Alessia, hier gibt es nichts, wofür du dich schämen müsstest. Auch wenn wir nicht so viel Geld haben, wie Dinas oder andere Familien, fehlt es uns an nichts. Und was das Wichtigste ist, wir haben uns. Ich bin mir sicher, Dina wird viel Spass haben, mit uns zu essen. Und wenn ich mich recht erinnern mag, war es nicht sie, die besonders Gefallen an Bent hat?" Maria stupst ihre Tochter von der Seite her etwas an und geht mit einem Grinsen auf die andere Seite des Tisches.

„Oh wow, Timon, was hast du jetzt in dieser kurzen Zeit bloss für ein Kunstwerk aus den Lamellen gebastelt?" Sie hebt einen Glitzer-Klumpen auf und seufzt: „Denkst du, du kannst das wieder entzaubern? So kann ich das leider nicht weitergeben."

Sie blickt ihren kreativen Sohn fragend an und lässt den Klumpen vor seinem Gesicht hin und her baumeln.

„Warum nicht? Das ist eine Weihnachts-Bombe, Mama! Wenn die

abgeht, dann glitzert es überall! Denkst du nicht, die Kinder im Heim würden sich über eine Glitzer Bombe freuen, Mama?" Voller Euphorie und Aufregung nimmt er die Eigenkreation zur Hand und betrachtet sie stolz. Maria schüttelt lächelnd den Kopf und wendet sich den anderen Sachen auf dem Tisch zu.

„Kann ich sie denn jetzt anrufen, Mama? Ich will sie nicht in der Schule vor allen fragen. Das wäre komisch, weil wir sind ja nicht beste Freundinnen oder so." Alessia blickt ihre Mutter fragend an.

„Das finde ich eine gute Idee, Liebes. Und wenn ihre Mama mit mir noch kurz sprechen will, ich bin hier bei der Weihnachts-Bombe   entschärfen." Schmunzelnd setzt sich Maria an den Küchentisch und beginnt endlich gezielt Ordnung in das Weihnachtsdeko-Chaos zu bringen.

22. Dezember 2021

Jonas tritt durch den schweren Schnee vor seinem Haus und wundert sich über den weissen Porsche Cayenne in seiner Einfahrt. Er betrachtet das Fahrzeug aufmerksam, als er daran vorbeigeht und pfeift anerkennend durch die Lippen. Er klopft sich den Schnee von den Stiefeln und steckt den Stecker für die weihnachtliche Aussenbeleuchtung in die Steckdose. Einen kurzen, zufriedenen Blick zurück und er öffnet die Tür ins warme Haus.

„Maria, das kann ich nicht annehmen, meine Teure! Wir schenken uns doch nichts zu Weihnachten! Aber wie heisst es so schön: Einem geschenkten Gaul...“

Seine spassige Begrüssung wird von seiner Frau mit einer abwinkenden Handgeste unterbrochen. Husch kommt sie auf ihn zu, nimmt ihm den Mantel ab und flüstert: „Dinas Mutter ist hier und weint

26

sich gerade die Seele aus dem Leib. Ich bin mit ihr in der Küche, die Kinder schauen sich einen Weihnachtsfilm an und ich denke, es wäre das Beste, wenn auch du dich zu ihnen gesellen könntest. Ich habe zwei grosse Pizzen gemacht, du wirst also nicht verhungern. Geht das klar für dich?"

Sie blickt ihn fragend an, weiss jedoch schon seine Antwort.

„Pizza und Weihnachtsfilm an einem stinknormalen Mittwoch? Und wie das klar geht für mich. Ich hoffe, es geht ihr bald wieder gut... Dinas Mama. Du bist wie immer ein Engel für alle, Maria." Er küsst sie auf die Wange und klatscht sich in die Hände, als er die Stufen zum TV Raum im Untergeschoss hinuntergeht.

„Ich hoffe, ihr habt noch nicht alle Pizza weggefuttert! Papa hat nämlich einen Bärenhunger in dieser Kälte."

Maria geht zurück ins Esszimmer und stellt eine weitere Box Kleenex vor die schluchzende Frau. Dankend zieht diese mit ihren manikürten Fingern elegant ein Tuch hinaus.

„Ich fühle mich furchtbar, Maria! Ich sitze hier und heule dir mein Elend vor, während die Kinder und jetzt noch dein Mann im Keller Pizza essen und sich einen Film ansehen müssen… Es tut mir so leid, ich wollte hier nicht einfach so reinplatzen. Aber, als du mich gefragt hast wie es mir geht, ist es einfach passiert… Ich weiss gar nicht mehr, wann mein Mann das letzte Mal mit Dina und mir etwas gegessen hat. Geschweige denn, sich einen Film mit ihr angesehen hat… Wir machen eigentlich gar nichts mehr als Familie. Er ist dermassen mit seinem Job beschäftigt, da gibt es nicht mehr viel Freiraum. Und wenn er mal etwas Zeit hat, dann geht er sich auf dem Golfplatz erholen, weil ihn das beruhigt, sagt er… Ich verstehe das ja auch, er hat ja kaum Zeit für sich, aber das lässt Dina und mich aussen vor… Das ist doch keine Familie so. Ich habe mir das alles nicht so vorgestellt, Maria… Ich will das so nicht mehr." Während ihren lauten Gedanken kullern immer wieder Tränen über ihre Wangen und ein unterdrücktes Schluchzen droht zu explodieren. Sie putzt sich geräuschvoll die Nase und blickt Maria traurig an.

„Wie hast du es dir denn vorgestellt, Lisa?" Maria sitzt ihr gegenüber und faltet ihre Hände, wie zum Gebet.

„Ich weiss doch auch nicht, so wie bei euch... denke ich..., dass er abends zu einer angemessenen Zeit heimkommt, sich mit uns an den gedeckten Tisch setzt und seine beiden Frauen geniesst."

Maria schmunzelt liebevoll und hebt eine Augenbraue. „Kannst du denn kochen, Lisa?"

Irritiert blinzelt die verheulte Frau Maria an und hebt ihre Schultern. „Ich...ich könnte schon auch gewisse Sachen kochen...aber...naja...das ist eben auch schon lange her..." Sie schluckt nachdenklich und putzt sich erneut die Nase. „Meine Mama hat immer gesagt, die

Liebe eines Mannes geht durch seinen Magen…, aber das ist doch dummes Bauerngeschwätz!" Kaum ausgesprochen, bereut sie ihre vorlaute Interpretation und blickt Maria entschuldigend an. „Das… das habe ich jetzt nicht so gemeint, Maria, entschuldige."

Maria winkt lachend ab. „Oh, ich bezeichne uns nicht als Bauern, nur weil wir Hühner haben und Jonas handwerklich arbeitet. Keine Sorge, ich nehme das nicht persönlich. Aber ich weiss, dass alle in meiner Familie es sehr schätzen, wenn ein leckeres, selbstzubereitetes Essen auf dem Tisch steht. Und ich konnte vor unserer Ehe nicht kochen. Aber die Freude und Dankbarkeit, welche jede Mahlzeit, und sei es auch nur ein Sandwich oder eine selbstgemachte Pizza, auf den Gesichtern meiner Lieben zu sehen, lernte mich viele Gerichte auszuprobieren." Sie blickt auf ihre Hände und reibt sie aneinander.

„Was habt ihr denn an Heiligabend vor, Lisa?"

Bevor ihr Lisa eine Antwort geben kann, kommt Timon mit hochgehaltenen Händen in die Küche.

„Händewaschen soll ich! Mama, die Pizza ist sooooo lecker! Ich möchte noch mehr davon essen, aber Papa hat gesagt, dann platze ich und das gibt eine hässliche Sauerei! Mama, ist schon mal ein Mensch geplatzt, weil er zu viel Pizza gegessen hat?" Die kleine, heitere Quasselstrippe geht zum Wasserhahn und tut, wie ihm geheissen.

„Nein, Timon, das glaube ich nicht, dass das schon mal passiert ist. Aber es freut mich zu hören, dass dir die Pizza geschmeckt hat. Hat es denn genug für alle?"

„Ich weiss nicht, Papa isst jetzt alles alleine. Aber er hat gesagt, da würde bestimmt noch ein leckerer Nachtisch auf uns warten. Stimmt das, Mama?"

Erwartungsvoll blicken nicht nur Timons, sondern auch Lisas Augen sie an.

Maria grinst und antwortet: „Ertappt. Papa kennt mich eben gut. Ich werde den Nachtisch gleich runterbringen, lasst euch überraschen."

„Hurrah... Nachtisch, Nachtisch...!!" Timon geht mit geballten Fäusten siegessicher in Richtung Keller zurück.

23. Dezember 2021

Zufrieden betrachten alle fünf Familienmitglieder das festlich geschmückte Esszimmer. Die Leuchterkette am Fenster verzaubert den Raum mit einem warmen Licht und die bunten Kugeln, welche lustig von der Decke hängen, tanzen im warmen Kerzenschein, welcher sich vom Tisch ausbreitet.

„Sie sollten jede Minute kommen, Mama." Aufgeregt geht Alessia zum Fenster und drückt ihre Nase an die kalte

Scheibe. In der Dunkelheit ist ausser Schnee noch nichts zu erkennen.

„Sie? Wer ausser Dina gesellt sich denn noch zum Essen heute?" Jonas stützt sich die Hände in die Hüfte und blickt um sich. „Warum erfahre ich immer als Letzter die Neuigkeiten in dieser Familie?"

„Weil du den ganzen Tag arbeitest, Papa! Und offenbar nicht sehr aufmerksam bist. Hast du die Teller auf dem Tisch mal gezählt?" Alessia lacht und geht in Richtung Küche.

„Das tut Mama auch, sie arbeitet ja auch. Nun gut, Sprachunterricht am Computer ist natürlich nicht ganz dasselbe, wie meine Arbeit, aber dennoch..." Jonas kann seinen Spass nicht zu Ende bringen, da wird er auch sogleich von seiner Frau unterbrochen.

„Hey, das nimmst du zurück! Immerhin verdiene ich mir mein eigenes Taschengeld und dennoch kriegst du warmes Essen auf den Tisch. Lisa wird auch mitessen. Schliesslich haben wir noch vieles zu besprechen heute."

„Oha! Das klingt ganz nach einem weiteren Weihnachtsfilm mit Popcornschlacht. Aber ich bestimme den Film heute!" Er reibt sich die Hände und will gerade zum Gestell mit den DVDs gehen, als es an der Tür klingelt.

„Ich geh schon!" Alessia huscht aus der Küche in Richtung Tür und öffnet diese ruckartig.

„Kommt herein! Wir warten schon lange." Alessias freudige Laune umfasst die ganze Begrüssung. Dina und ihre Mutter treten in das warme Haus ein und lassen sich die Mäntel von Jonas abnehmen.

„Herzlich willkommen, die Damen", begrüsst er sie und überlässt das Weitere seiner Frau.

Maria umarmt Lisa, während Dina schon mit Alessia ins Esszimmer geht.

„Schön seid ihr hier, Lisa. Wird Anthony auch kommen später?" Maria lächelt bei diesen Worten sanft, ohne eine Erwartungshaltung einzunehmen.

Lisa hebt ihre Schultern und seufzt: „Ich rechne nicht damit, dann bin ich nicht enttäuscht. Aber wer weiss, vielleicht ist seine Neugier grösser, als die Wichtigkeit seines Netzwerk Apéros heute. Einige seiner Kunden treffen sich auf einen Weihnachtsschlummi und das lässt er sich ungern entgehen." Sie atmet tief Luft ein und geht neben Maria ins gut duftende Esszimmer.

„Du sitzt da und du hier. Du dort und du dort!" Timon weist mit seinem kleinen Zeigefinger auf die zugewiesenen Plätze am Tisch und alle befolgen seine Anweisungen kommentarlos.

„Gute Entscheidungen, mein junger Mann. Das gibt eine neue Dynamik an diesen Tisch. Ich find's klasse." Jonas klatscht sich in die Hände und hebt den Deckel der heissen Schüssel.

„Auf ins Schlaraffenland! Hmm… Maria, dieser Eintopf duftet himmlisch! Ich glaube, ausser mir mag den keiner. Alles für mich!" Jonas lacht schelmisch und zwinkert Dina zu. „Mit dir werde ich heute etwas teilen Dina, weil du unser Gast bist. Zeig her deine Schüssel."

Alle am Tisch lachen mit und Dina hält mit roten Wangen ihre Schüssel hoch.

***

„Maria, das Essen, wie auch die Gemeinschaft waren wunderbar! Ich bedanke mich ganz herzlich bei euch allen für die Gastfreundschaft. Bist du sicher, dass Dina hier schlafen kann? Ist das nicht zu viel?"

„Ist alles sehr gern geschehen. Ja, ich bin mir sicher. Die Mädchen haben so viel Spass zusammen. Weihnachten könnte für die Beiden nicht besser sein."

Maria nimmt Lisa den Mantel vom Haken, als Jonas sich zu ihnen gesellt.

„Lisa, könntest du mir bitte noch Anthonys Telefonnummer geben?" Überrascht blicken ihn beide Frauen an. Er steckt sich beide Hände in die Hosentaschen und hebt die Schultern.

„Was denn? Darf ich nicht auch einen neuen Freund für mich haben?" Jonas blickt mit einem Grinsen beide Frauen abwechselnd an und bleibt dann mit Lisa im Blickkontakt.

„Ahm... Ja, natürlich kann ich das. Hast du dein Mobiltelefon hier? Oder willst du mir deine Nummer geben, dann texte ich sie dir." Lisa nimmt ihr iPhone aus der Handtasche und öffnet ihre Kontakte, als Jonas ihr antwortet:

„Lass sie bloss stecken, die kleine Faulenzermaschine. Ich aktiviere noch gerne täglich mein Gehirn und merke mir so viel ich kann. Du brauchst mir die Nummer bloss zu sagen." Er tippt sich mit seinem Zeigefinger auf die Schläfe und zwinkert ihr lausbübisch zu.

„Oh wow, echt? Ich muss trotzdem schummeln hier, denn ich habe keine Ahnung, wie seine Nummer lautet." Ertappt, verzieht sie den Mund und tippt auf dem Bildschirm herum. Langsam liest sie die Zahlen vor und Jonas nickt verständlich dazu.

„Alles klar, dann sehen wir uns morgen. Ich freue mich auf ein besonders lebhaftes Weihnachtsfest." Er reicht Lisa seine kräftige Hand und lächelt freundlich zum Abschied.

Heiligabend

Buntes Treiben herrscht in der Küche und verschiedene Düfte treffen sich in der Luft. Die Kinder stechen die Weihnachtskekse aus und belegen ein

Ofenblech nach dem anderen. Maria wickelt den grossen Braten in Speckscheiben ein und wallt den selbstgemachten Teig aus. Im Hintergrund spielt Weihnachtsmusik und jeder ist in seiner Vorfreude beschäftigt, summt oder bewegt sich zu den bekannten Melodien.

„Was für ein grossartiges Weihnachtsfest das ist. Das Fest der Liebe für Familie und Freunde!" Jonas breitet seine Arme aus, als würde er die Welt umarmen wollen. Maria nimmt dies als Einladung an und kuschelt sich an ihn.

„Hmm, das ist schön. Danke meine Teure. Ich werde nun den ultimativen Anruf wagen. Wünsch mir Glück. Anwälte haben in der Regel etwas an sich, das mich leicht aus meiner Komfortzone bringt." Der Familienvater blickt seine Frau liebevoll an.

„Du wirst das schon meistern. Es geht ja nicht um den Anwalt in ihm. Von Papa zu Papa, von Ehemann zu Ehemann." Maria lässt sich einen Kuss auf die Stirn setzen und widmet sich wieder ihrem Bratenkunstwerk zu.

„Mama, warum ist Dinas Papa so anders als meiner? Hat er denn seine Familie nicht lieb?" Timon will sich gerade ein Stück Teig in den Mund stecken, als es ihm Alessia aus der Hand nimmt.

„Hör auf, das gibt Würmer! Sicher hat er Dina und seine Frau lieb. Aber er hat eben einen sehr strengen Job und wenig Freizeit. Und damit sie eben all diese schönen Dinge kaufen und erleben können, muss er halt super viel arbeiten. Ich meine, hast du gesehen, die haben sogar einen Fernseher im Auto, das ist so krass." Alessia sticht weiter Sterne aus.

„Und was bringt es Dina? Glotzen im weissen Ledersessel, aber keinen Papa zum kuscheln. Keine lustigen Familienspiele und kein gemeinsames Essen. Mal ehrlich Alessia, du siehst doch, wie Geld nicht unbedingt glücklich macht, oder?" Der älteste der Kinder lässt sich auf einen Stuhl fallen und betrachtet seine Mandelgipfel.

„Mein Lehrer hat mal gesagt; ‚Mit Geld kann man zwar schöne Dinge kaufen, aber die verpassten Momente der Liebe, kann man nicht mehr zurückholen‘.“ Etwas stolz, sich daran erinnert zu haben, hebt er seinen Kopf an und blickt weise in die Runde.

„Oh, das hat er aber sehr schön gesagt Bent. Wie recht er doch hat. Und jetzt hoffen wir ganz fest, dass Papa es schafft, Dinas Vater zu überzeugen, wie schön es ist, im Wald den eigenen Tannenbaum auszusuchen und zu fällen.“ Maria gesellt sich an den Tisch und bewundert die vielen tollen Kekse.

Sie wollte gerade die Kunstwerke kommentieren, als Jonas mit strahlendem Gesicht in die Küche zurückkommt. Er klatscht sich in die Hände und sagt heiter:

„Na dann, ab die Post und ab in den Wald. Wir bringen die schönste Tanne! Zu zweit kann sie auch mal etwas grösser sein. Ich hoffe, ihr seid bereit mit den Kugeln und den Lamellen.“ Er zeigt mit dem Finger in die Runde und Alessia springt vom Stuhl auf.

„Das heisst, Dinas Vater hat Zeit und geht mit dir?" Freudig umarmt sie ihren Vater, welcher ihr sanft auf den Rücken tätschelt.

„Und das hat gar nicht mal so viel Überredungskunst gebraucht. Dabei war ich so gut vorbereitet. Als ich jedoch die Motorsäge erwähnte, wars um ihn geschehen. Anscheinend ist das etwas, das er schon immer mal machen wollte."

„Na dann viel Freude euch Beiden und gib ja auf ihn Acht." Maria nimmt ein Blech und schiebt es in den vorgeheizten Ofen.

***

„Noch nie in meinem ganzen Leben habe ich einen solch prächtigen und wunderschönen Weihnachtsbaum gesehen.

Maria, Jonas, ich und meine Familie wissen nicht, wie wir uns jemals für diesen bezaubernden Abend bei euch bedanken können." Anthony nimmt seine Frau von der Seite in den Arm und hebt sein Glas Champagner, welchen sie zum Fest mitgebracht haben.

Jonas hebt seine Stange Bier und nickt ihm freundschaftlich zu. „Ich bin froh, dass du nicht den ganzen Wald roden wolltest, aus lauter Freude mit der Kettensäge. Schön, seid ihr hier. Und vielen Dank für das Verständnis, dass ich lieber beim Bier bleibe."

„Ich schliesse mich dem an, schön seid ihr unter uns. Lasst uns die Kerzen am Baum anzünden und etwas singen. Die Kinder können dann auch schon ihre Päckchen öffnen, sonst kann niemand ruhig am Esstisch sitzen."

Maria nimmt die lange Streichholzschachtel zur Hand und lässt die erste Kerze am Baum entflammen. Just in diesem Moment erklingt ein wunderschöner Gesang, wie von Engelsstimmen. Alle sehen überrascht zur blonden, eleganten Frau, welche ihre Augen geschlossen hat, eine Hand auf ihrem flachen Bauch und in der anderen ein volles Champagnerglas. Sie formt ihre roten Lippen mit jeder Silbe neu und singt mit herzhafter und lieblicher Stimme:

"Oh Tannenbaum".

Kaum hat sie den letzten Ton ausklingen lassen klatschen alle erfreut in die Hände und lassen ihrer Begeisterung durcheinander freien Lauf.

„Lisa, das war das schönste "Oh Tannenbaum", das ich je gehört habe. Woher kannst du so traumhaft schön singen?" Jonas schüttelt noch immer fasziniert den Kopf.

Bevor Lisa ihm antworten kann, nimmt Anthony sie erneut seitlich in den Arm und blickt sie wie verzaubert an.

„Ich habe die talentierteste Opernsängerin in ganz Warschau

geheiratet. Als ich sie zum ersten Mal auf der Bühne singen hörte, wusste ich; Das ist sie! Sie will ich heiraten." Er küsst sie stolz auf ihre Stirn und Dina scheint diesen Moment ebenfalls sehr zu geniessen.

„Ich habe Musik und Gesang studiert, aber das ist schon lange her. Ich habe auch schon lange nicht mehr gesungen. Aber dieser Moment eben und diese besinnliche Gemeinschaft, haben mich in den Bann gezogen. Aber bitte, können wir alle zusammen noch Lieder singen? Ich wollte das nicht an mich reissen."

„Hm, das wird jetzt aber schwierig, da ich sonst das Singvögelchen in der Familie bin." Alle brechen in schallendes Gelächter aus, als Jonas dies seinen Gästen vorgaukeln will.

Gemeinsam singen sie bekannte Weihnachtslieder und geniessen die Stimmung im warmen Licht des Weihnachtsbaumes.

Ein Päckchen nach dem anderen wird geöffnet und die freudigen Kinderaugen erhellen den Raum umso mehr.

Anthony füllt das Champagner Glas seiner Frau erneut auf und setzt sich nahe zu ihr hin.

„Meine Liebe, ich weiss, die letzten Wochen, ja gar Monate, waren sehr einsam für dich und Dina. Ich habe euch sehr vermisst, auch wenn ich das so nicht immer mitteilen kann. Als mich heute Jonas anrief, war ich inmitten einer Besprechung und dachte, es sei etwas passiert mit Dina oder dir. Da ist es mir wie Schuppen von den Augen gefallen, wieviel ich von euch beiden verpasse jeden Tag. Ich bin so dankbar, dass mich Jonas mitgenommen hat, um diese wundervolle Tanne auszusuchen. Es tut mir sehr leid, Lisa."

„Wir haben dich auch sehr vermisst, Anthony. Schön, dass wir ein solches Weihnachtsfest mit neuen Freunden erleben dürfen. Aber sag, wie verlief die Besprechung? Hast du das neue Mandat gekriegt?"

„Es lief hervorragend! Kein Mandat, dafür mehr Zeit mit meinen beiden Lieblingsfrauen!"

Er küsste seine Frau auf die Wange und prostet Jonas und Maria dankbar zu.

***

***

Frohe Weihnachten!

Ein besinnliches und schönes Weihnachtsfest 2021 mit euren Familien, alten und neu gewonnenen Freunden sowie Nachbarn.

Ich bedanke mich herzlich für die Treue, meinen Geschichten Zeit zu schenken.

Eure Hiam

***

Hiam Mondini

ist eine Schweizer Autorin aus dem Kanton Zug und lebte drei Jahre in Chicago.

2019,

startete sie mit einer ersten Weihnachtsgeschichte ‚Eine Zahnfee zu Weihnachten' eine Reihe von Szenen, welche sie im Alltag in den USA beobachtet und selber erlebt hat.

2020

Ein weiteres Weihnachtsfest im Chicagoland steht vor der Tür und sie versuchte gerade in diesem Pandemiejahr mit der Geschichte ‚Eine Schnüffelnase zu Weihnachten', ein wachsames Auge sowie freudebringende Ideen zu haben.

2021

Nach drei Jahren USA Aufenthalt kehrt Hiam Mondini in ihren Heimatkanton Zug in die Schweiz zurück und darf eine neue Heimat kennen lernen. Interkulturelles Zusammentreffen auf verschiedenen Ebenen beschäftigte nicht nur ihre beiden Kinder, sondern auch sie. Gezielt bringt sie auch in dieser Weihnachtsgeschichte ‚Kein Mandat zu Weihnachten' den Gedanken der Liebe, des Reichtums und der wahren Werte im Leben aufs Papier.

Das Titelbild für diese Weihnachtsgeschichte wurde von

Angelina Brianna Mondini

11 Jahre jung,

gezeichnet.